A Night
in the Refuge
Une nuit
au refuge

Sharon Santoni

Illustré par Benjamin Strickler

Originaire du Kent, **Sharon Santoni** vit en Normandie avec son mari et ses quatre enfants bilingues. Elle se consacre à l'écriture.

Avec la participation de Zoé Bennett

Création graphique : Élodie Breda

Mise en page : Marina Smid

© Talents Hauts, 2010
ISBN : 978-2-916238-79-1
ISSN : 2102-4960
Loi n°19-956 du 16 juillet 1949 sur les publications destinées à la jeunesse
Dépôt légal : avril 2010

Chapitre 1

Un beau cadeau

C'est la semaine de Noël. Il fait beau et froid. Sam et ses parents habitent aux États-Unis depuis six mois. Sam est né en France mais il a vécu à Hawaii, à Rome, à Londres. Il pense à son arrivée à Londres : au début, c'était difficile, mais il s'était fait de bons amis et, en juin, il était triste de quitter Peter et sa bande.

Demain est un grand jour. Toute sa classe part pour un week-end de ski à la montagne.

– N'oublie pas tes chaussettes de ski, Sam, lui dit sa mère en passant devant sa chambre. Mais Sam, qu'est-ce que tu fais ? Je croyais que tu préparais ton sac pour demain.

Sam est assis par terre au milieu de sa chambre, un livre ouvert sur les genoux.

– Je regarde le livre que Tonton Clément m'a envoyé pour Noël. Il est génial! Il y a même un chapitre sur le code morse!

– Montre-moi. Oh là là! Il est lourd ce livre!

Sa mère prend le livre et regarde la couverture: *L'Aventure et la **Survie** ❸. Tout ce qu'il faut savoir pour vivre de vraies aventures!*

– J'adorais les livres comme ça quand j'étais jeune, ajoute sa mère en souriant.

– Regarde, Maman. Je te montre quelque chose. J'ai appris un truc trop bien en morse! Normalement on le fait par signal radio mais je te montre avec ma lampe.

Sam prend sa lampe torche et l'allume et l'éteint:

« ● – – – ● ● ● ● ● ● – ● ● ● ● ● – ● – ●

– – – – – – ● – ● ● »

– Tu vois, j'alterne des signaux courts et des longs. Devine ce que ça veut dire.

---

❸ **la survie:** le fait de rester vivant dans des conditions difficiles.

– Je n'ai pas d'idée ! Un **appel au secours**
peut-être, répond sa mère en riant.

– Non, ça veut dire : JE SUIS COOL !

Sa mère rit de nouveau et l'embrasse.

– Tu es un vrai aventurier. Allez, maintenant
prépare vite ton sac !

---

un appel au secours : une demande d'aide quand on est dans une
situation dangereuse.

QUIZ

1 **Où habite Sam ?**
   a. En France.
   b. À Londres.
   c. Aux États-Unis.

2 **Où part-il le lendemain ?**
   a. En France, chez son oncle Clément.
   b. Au pôle Nord voir des morses.
   c. Au ski, avec sa classe.

3 **Avec son livre, Sam a appris**
   a. à faire la cuisine.
   b. à dire quelques mots en morse.
   c. à préparer ses bagages.

Réponses : 1 c – 2 c – 3 b. Si tu as tout juste, passe au chapitre suivant.
Sinon, lis le résumé du chapitre, pages 36-37.

Chapter 2

Off We Go!

"Good morning, Sam," says Mr Brown, the sports teacher, as Sam gets on the bus. "Put your bag in the **hold** ✷, then make sure Mrs Marsh **ticks** ✷ you **off** the list."

"Hey Sam, come and sit here," says his friend Josh from the seats at the back.

As he walks up the bus he taps a couple of friends on the shoulder, "Hi John... Hi David, I like your hat!"

He gets to the back and sits down between Josh and Mathieu, another friend who is French Canadian.

✷ **the hold:** in a bus, the place where luggage is placed.
✷ **to tick off:** to put a mark next to a name on a list, to show that it has been checked.

The doors of the bus close.

"Good, we're all here. Wave goodbye to your parents," says Mrs Marsh, the history teacher.

Boys and girls cheer as the bus leaves and parents **call out** ✪: "Bye! Have fun!"

Sam turns to his friends.

"What did you get for Christmas?"

"I got a new bike," Josh answers, "it's exactly the one I wanted, it has twenty-one gears!"

"My parents gave me an electric guitar," Mathieu says. "It's a shame you don't play too; we could form a band! And you, Sam?"

"One of my best presents," Sam replies, "is a book about how to have adventures and survive **in the wild** ✪."

"Wow!" says Mathieu. "Does it tell you how to find food? I'm always hungry!"

"Actually it does, but the best chapter is about the Morse code. I didn't know how it worked."

"Go on then," laughs Josh. "Tell us something in Morse!"

Sam takes his torch out of his bag. He switches it on and off, with long and short signals.

✪ **to call out:** to shout in a loud voice.
✪ **in the wild:** in natural places far from houses and roads.

« •－－ • • ••• ••－ •• ••• －•－•
－－－ －－－ •－•• »

"So, what does that mean?" asks Mathieu.

"It means JE SUIS COOL, 'I am cool' in French!"

"Go on, do it again! How do you do COOL in Morse?" says Josh laughing.

During the journey, Sam teaches his friends how to be cool in Morse code. Not far from them, Mr Brown smiles as he listens to the lesson in survival.

Quiz

1 **Who are Sam's best friends?**
   a. Mr Brown and Mrs Marsh.
   b. John and David.
   c. Josh and Mathieu.

2 **Where is Mathieu from?**
   a. Canada.
   b. France.
   c. The United States.

3 **What does Sam show his friends?**
   a. His book.
   b. His torch.
   c. Some words in Morse.

Answers: 1 c – 2 a – 3 c. If all your answers are correct, go to the next chapter. If not, read the summary of the chapter, pages 36-37.

Chapitre 3

Vive la glisse !

Le lendemain matin, Sam se lève tôt, impatient d'aller sur les pistes.

– On skie ensemble ? lui demande Mathieu.

– D'accord, bonne idée ! répond Sam. On essaie d'être dans le groupe de Scott. Il a l'air sympa ce **moniteur**✲ !

Ils ne sont pas déçus. Scott leur apprend plein de choses amusantes comme skier à l'envers ou sur un seul ski. Pour terminer la matinée, le petit groupe fait la course jusqu'au restaurant. Au restaurant, ils retrouvent Josh.

✲ **un moniteur :** un professeur pour certains sports comme le ski.

– C'était génial! raconte Sam. Avec Mathieu, on a doublé tout le monde! On est arrivés les premiers!

– Moi ça m'a donné faim, s'exclame Mathieu. Qu'est-ce qu'on mange?

Les amis mangent une belle assiette de pâtes au fromage, et se racontent leurs chutes et leurs exploits.

L'après-midi, le ciel devient gris.

– Super, il va neiger! crie Sam. On va s'amuser dans la **neige**✲ fraîche!

Scott les amène en haut d'une nouvelle piste.

– Trop cool, dit Mathieu, des **bosses**✲!

Mathieu montre à Sam sa technique pour skier sur les bosses à toute vitesse. Sam essaie de l'imiter mais il tombe et perd son ski. Le ski descend la piste tout seul, en rebondissant sur les bosses. Les deux garçons poursuivent leur descente. Sam fait de son mieux pour suivre Mathieu avec un seul ski mais il rit tellement qu'il tombe de nouveau.

✲ **la neige:** de l'eau glacée qui tombe du ciel en flocons blancs.
✲ **une bosse:** un petit tas de neige glacée.

Finalement, Mathieu récupère le ski planté sur une bosse, Sam remet son ski et les deux amis sont prêts à repartir. Ils regardent autour d'eux.

– Où sont les autres ? demande Mathieu.

– Ils doivent être un peu plus bas, dit Sam. Si on skie vite, on les **rattrapera**✲.

✲ **rattraper** : rejoindre, retrouver une personne qui est devant soi.

Quiz

1 Qui est Scott ?
a. Un ami de Mathieu.
b. Le professeur d'histoire.
c. Le professeur de ski.

2 Quel temps fait-il ?
a. Il pleut.
b. Le temps se couvre.
c. Il fait beau.

3 Sam a perdu
a. un ski.
b. un bâton.
c. son livre.

Réponses : 1 c – 2 b – 3 a. Si tu as tout juste, passe au chapitre suivant. Sinon, lis le résumé du chapitre, pages 36-37.

Chapter 4

Who's Missing?

At the end of the afternoon, Mr Brown is waiting for each group of skiers at the bottom of the final **slope** ✷. He leads them towards the bus.

"This way. Put your skis in the bus. Then take a cookie and some juice."

The boys and girls laugh and chat together. After a while, Mr Brown calls out loudly:

"OK everyone, it's time to go back to the hotel. Take a good look around you, make sure you don't leave your **goggles** ✷ or forget your **scarf** ✷. When you're sure you have everything, you can get into the bus."

✷ **the slope:** the side of a mountain.
✷ **goggles:** large glasses to protect eyes from wind, rain or snow.
✷ **a scarf:** piece of clothing that you wear around your neck.

As the children climb the steps into the bus, Mrs Marsh ticks them off her list.

"Great!" says Mr Brown. "They're all on board, let's go!"

"Wait!" replies Mrs Marsh. "There are two names I haven't ticked off. Where are Sam and Mathieu?"

"They can't be far," says Mr Brown, who **is used** ✪ to school trips. "I'll go check **the restrooms** ✪, you check on the bus."

Mrs Marsh gets into the bus and asks Josh:

"Josh, do you know where your friends Sam and Mathieu are?"

"No I don't, Mrs Marsh," answers Josh. "I had lunch with them at the restaurant but then we weren't in the same group."

Then Mrs Marsh sees Scott, the ski instructor.

"Hey Scott, we can't find Sam and Mathieu. They were in your group, weren't they?"

"They must be with the other kids," answers Scott.

✪ **to be used to:** to have the habit of (doing) something.
✪ **the restrooms:** a toilet in a public place.

"No, they aren't. That's why we're **worried**✪," says the history teacher.

Scott thinks for a while.

"I know they were with me on this difficult slope with **bumps**✪. But then Tim asked me for help... I don't know when I last saw them. Oh no, don't tell me that I lost them!"

✪ **worried**: preoccupied by serious problems.
✪ **a bump**: a raised part on a road or a slope.

Quiz

1 **All the skiers go back**
  a. home.
  b. to the hotel.
  c. to skiing for a few more hours.

2 **Mrs Marsh has ticked off**
  a. all the names.
  b. no names at all.
  c. all the names except those of Sam and Mathieu.

3 **Scott doesn't know where Sam and Mathieu are.**
  a. True
  b. False

Answers: 1 b – 2 c – 3 a. If all your answers are correct, go to the next chapter. If not, read the summary of the chapter, pages 36-37.

Chapitre 5

Un bon abri

Sam et Mathieu skient à toute vitesse pour essayer de rattraper le reste du groupe et leur moniteur.

– Oh ! Non ! dit Sam. Où sont-ils ?

La neige tombe de plus en plus fort. Et il commence à faire **sombre**❂. Sam ralentit.

– Il faut faire attention, on ne voit pas la piste.

– Je suis fatigué, dit Mathieu, et en plus j'ai faim.

– Nous nous sommes certainement trompés de piste. C'est bizarre que nous ne voyons pas la station.

– Il fait froid, il faut qu'on trouve un endroit pour **s'abriter**❂.

❂ **sombre :** peu éclairé, noir.
❂ **s'abriter :** se mettre à l'abri, se protéger (du froid, de la pluie, etc.).

Ils continuent à skier sous la neige. Mathieu appelle Sam.

– Regarde ! Qu'est-ce que c'est ? On dirait un **panneau** ✪.

Il y a en effet un panneau sur le bord de la piste. Mais on ne peut pas le lire car il est recouvert de neige. Les deux garçons **essuient** ✪ le panneau avec leurs gants. Des chiffres apparaissent, « 800 m », avec une flèche vers la droite. Mathieu essuie le reste du panneau et les garçons lisent ensemble « Refuge 800 m ».

Ils skient dans la direction de la flèche et arrivent à une petite cabane en bois.

– Entrons vite ! dit Sam. J'ai de la neige dans le cou !

Mathieu pousse la porte de la cabane.

– On ne voit rien. Il y a de la lumière ? demande Mathieu.

– Attends, il y a une **bougie** ✪ ici et des **allumettes** ✪.

Sam craque une allumette et la petite pièce s'éclaire d'une lumière douce.

✪ **un panneau :** un morceau de bois sur lequel est écrit quelque chose.
✪ **essuyer :** nettoyer.
✪ **une bougie :** un bâton de cire avec une mèche, que l'on allume pour s'éclairer.
✪ **une allumette :** un petit morceau de bois avec une extrémité rouge qui sert à allumer un feu.

– Trop bien, souffle Sam. Regarde, il y a des lits superposés.

– Oui, et une **cheminée** ✪, ça va chauffer la pièce très vite. Je fais un feu tout de suite.

Sam inspecte la cabane. Dans un placard, il trouve des boîtes de haricots à la sauce tomate.

– J'ai trouvé notre dîner !

– Beurk, dit Mathieu.

– Bah, je croyais que tu avais faim, répond Sam en riant.

✪ **une cheminée :** dans une maison, l'endroit où l'on fait le feu.

Quiz

1 Sam et Mathieu sont perdus.
a. Vrai
b. Faux

2 Pourquoi doivent-ils s'abriter ?
a. Parce qu'il fait froid.
b. Parce qu'il fait sombre.
c. Parce qu'ils sont fatigués.

3 Que trouvent-ils ?
a. Un hôtel.
b. Un refuge de montagne.
c. Une maison.

Réponses : 1 a – 2 a/b/c – 3 b. Si tu as tout juste, passe au chapitre suivant. Sinon, lis le résumé du chapitre, pages 36-37.

Chapter 6

Searching the Map

At the ski station, there is a sense of panic. The teachers and ski instructors are all in the office of the mountain **rescue**✿ service. They are studying a **map**✿ of the ski station.

"So," says Mr Brown, "Scott remembers seeing them here last."

He points to a red slope high up on the mountain.

"We must find where they could be."

Together they follow the slope down with Mr Brown's finger on the map.

"Wait, what's this **dot**✿ here?"

One of the mountaineers looks at the map.

✿ **a rescue:** help given to someone in a dangerous situation.
✿ **a map:** a piece of paper with the picture of an area showing paths and roads.
✿ **a dot:** a very small round mark.

"That's the old refuge."

"They could be there. It's not far from the red slope," Mr Brown says.

"There was a radio connection in the refuge before," the mountaineer adds.

"Quick!" says Mr Brown. "Let's try the radio. If the boys are there, they'll hear us."

They turn the radio on, and find the frequency for the refuge. The mountaineer holds the microphone close to his mouth.

"Base to refuge, base to refuge, come in please. Refuge, can you hear us?"

The radio crackles and hisses but there is no answer.

"You know," says one of the oldest mountaineers, "the snow can get really heavy up there. Maybe they couldn't get to the refuge."

"No," replies Mr Brown, "these boys are **sensible** ✷, they know they have to find **shelter** ✷."

He reaches over and takes the microphone from the mountaineer.

✷ **sensible:** able to make good and reasonable decisions.
✷ **a shelter:** a small building which is made to protect people, from bad weather for example.

"Sam, Mathieu. Boys, can you hear us? Boys, this is Mr Brown. Come in please. Kids, if you can hear me, use the microphone on the radio to answer. You have to press the button on the side when you talk."

Everybody holds their breath as they wait for a reply, but there is only silence.

Quiz

1 What are the teachers looking at?
a. A map.
b. The sky.
c. The mountains.

2 They think Sam and Mathieu are
a. in a radio station.
b. back at the ski station.
c. in a mountain refuge.

3 How do they try to contact them?
a. By skiing.
b. By radio.
c. With their phones.

Answers: 1 a – 2 c – 3 b. If all your answers are correct, go to the next chapter. If not, read the summary of the chapter, pages 36-37.

Chapitre 7

Les deux aventuriers

Dans le refuge, Sam et Mathieu s'organisent. Mathieu a allumé un feu.

Sam ouvre une boîte de haricots, les verse dans une casserole et les réchauffe dans la cheminée.

– Tu crois qu'ils vont nous trouver ce soir ? demande Mathieu.

– Je ne sais pas. Mais si on doit dormir ici, je ne suis pas très inquiet. La cheminée chauffe bien la pièce et il y a des **couvertures**✱ sur les lits. Demain on essaiera de trouver le chemin pour retourner à la station.

– Mr. Brown a interdit les téléphones portables. C'est dommage : on aurait pu l'appeler.

✱ **une couverture** : un morceau de tissu ou de laine que l'on met sur un lit.

Un bruit les fait sursauter. Ils n'avaient pas vu la vieille radio sur le mur. Une lumière **clignote** ✪ et l'appareil **grésille** ✪. Mathieu et Sam courent vers l'appareil.

– Comment ça marche ? demande Mathieu.

Il appuie sur un bouton et ils entendent une voix. « Base... uge... base... hear... »

Mathieu prend le micro et parle : « Allô ? Allô ? » Mais il ne se passe rien.

– On ne comprend rien à ce qu'ils nous disent...

– Et ils ne nous entendent pas. La radio ne marche pas.

Ils entendent de nouveau des bruits. Cette fois, la réception est meilleure. Ils entendent la voix de Mr Brown. Son message est clair.

– Vas-y, Mathieu, fais ce qu'il dit.

Mathieu appuie sur le bouton mais le micro ne fonctionne pas.

– C'est pas vrai, ils ne nous entendent pas, ils ne vont pas savoir qu'on est ici !

– Attends, dit Sam, c'est quoi l'autre bouton sur le côté ?

Il s'approche.

✪ **clignoter** : s'allumer et s'éteindre très vite.
✪ **grésiller** : produire des petits bruits secs.

– C'est pour le morse. Pousse-toi, Mathieu, j'essaie.

Sam tape sur le bouton et envoie des signaux, courts et longs :

« ● ▬ ▬ ▬ ● ● ● ● ● ● ▬ ● ● ● ● ● ▬ ● ▬ ●

▬ ▬ ▬ ▬ ▬ ▬ ● ▬ ● ● »

Il se tourne vers Mathieu :

– On attend deux minutes. S'ils répondent, c'est que mon message est passé.

Quiz

1 **Sam et Mathieu sont inquiets.**
   a. Vrai
   b. Faux

2 **Qu'entendent-ils ?**
   a. Le message de Mr Brown.
   b. Le bruit du vent.
   c. Rien du tout.

3 **Sam envoie un message**
   a. avec le micro.
   b. avec son téléphone.
   c. en morse.

Réponses : 1 b – 2 a – 3 c. Si tu as tout juste, passe au chapitre suivant. Sinon, lis le résumé du chapitre, pages 36-37.

A Message

When the radio starts tapping the Morse message, everyone in the mountain rescue office shouts with happiness.

"Who understands Morse?" calls out a ski instructor.

"Wait, quiet now," says Mr Brown.

Everyone is silent as the message comes through. As they hear the dots and dashes, Mr Brown writes down the letters of the message on a piece of paper: J E   S U I S   C O O L.

As the message ends, he laughs.

"Well, there's only one boy I know who can **show off**✪ in Morse. That's Sam for sure!"

He grabs the microphone.

✪ **to show off:** to act in order to impress people.

"OK Sam, well done, we've got your message. **Stay put** ❀ boys, we're coming to get you."

Snow scooters are filled with flashlights, blankets, flasks of hot drinks and a first aid kit. The rescue team starts up the mountain in the direction of the refuge.

Mrs Marsh calls the parents of Sam and Mathieu to tell them that the boys are safe.

When the mountaineers reach the refuge, it's completely dark outside. But the interior of the refuge is bright and warm. The boys finished their meal and are playing with a pack of cards they found on a shelf. They cheer as the rescue team pushes the door open.

"Hi Sam and Mathieu!" says Scott. "I'm so glad to see you!"

"Well done boys, you were lost in the mountain but you did the right things," adds one of the mountaineers. "And you know how to communicate in Morse!"

"Thanks to my book!" says Sam, laughing.

"OK, let's go back to the station," says Mathieu. "I'm **starving** ❀. Those beans were awful."

❀ **to stay put:** to remain in a place and not move from it.
❀ **to starve:** to suffer greatly from lack of food; (informal) to be very hungry.

As they arrive back at the ski station, Mr Brown's mobile phone is ringing. He answers, smiles and gives the phone to Sam.

"This call is for you!"

Sam takes the phone and explains the adventure to his parents and promises them he's fine. Then he turns to Mr Brown.

"My Mum says that schools should teach Morse code, what do you think Mr Brown?"

Quiz

1 **Sam's message means**
a. "I'm cold".
b. "I'm in the refuge".
c. "I'm cool".

2 **Sam and Mathieu arrive safely back at the ski station.**
a. True
b. False

3 **Sam's mother suggests that the school should teach**
a. life in the wild.
b. Morse code.
c. ski techniques.

Bonus

Résumés
Summaries

Chapitre 1

Sam habite aux États-Unis avec ses parents. Il fait ses bagages pour partir skier avec sa classe et regarde avec passion un de ses cadeaux de Noël: c'est un livre d'aventures avec un chapitre sur le code morse. Sam apprend à communiquer en morse.

Chapter 2

Sam gets on the bus and joins his friends: Josh and Mathieu. In the bus, the three boys talk about their preferred Christmas presents. Sam teaches his friends how to say "Je suis cool" in Morse.

Chapitre 3

Mathieu et Sam sont dans le groupe d'un moniteur gentil, qui s'appelle Scott. Ils skient toute la matinée et voient Josh au restaurant à midi. Après le déjeuner, Scott les amène sur une piste de bosses. Sam perd un ski. Les deux garçons le cherchent et ne voient plus leur groupe.

Chapter 4

At the end of the day, the teachers meet all the ski groups and direct them to the bus. When the last group is back and everyone is on the bus, they realize that Sam and Mathieu are missing. The search begins, Scott is anxious because he lost them.

Chapitre 5

Il commence à faire nuit sur les pistes et Sam et Mathieu sont perdus. Ils sont fatigués. Ils trouvent un refuge dans lequel ils peuvent faire du feu, manger et même dormir.

Chapter 6

At the ski station everyone is very worried. The teachers and some men from the ski station try to imagine where the two boys could be. They notice the old mountain refuge on the map. If the boys are there, they can talk to them by radio. They start sending radio messages.

Chapitre 7

Au refuge, Sam et Mathieu sont rassurés : il fait chaud et ils ont à manger. Soudain la vieille radio sur le mur fait du bruit. Ils entendent le message de leur professeur. Ils essaient de répondre mais le micro ne marche pas. Alors Sam voit un autre bouton : il peut envoyer un message en morse !

Chapter 8

There are cries of joy from everybody when Sam's message arrives at the ski station. Snow scooters go to rescue the boys. Sam and Mathieu are brought back safely to the ski station, where Sam is able to reassure his parents by phone.

Amuse-toi avec Mélie et Mellow

Play with Mélie and Mellow

Les montagnes de mo
Word Mountains

ANIMALFRAISEMONITEURTULIPEÉCOLEPISTESOL

TREESKIEXPLORERTRAINSLOPEFLOWERGOGGLES

Solutions :
Moniteur / Piste / Neige / Montagne / Refuge
Ski / Slope / Goggles / Scarf / Gloves / Snow

Trouve les mots sur le ski et la montagne dans les montagnes.

Spot the words about ski and mountains in the mountains.

SONNEIGEHERBEMONTAGNEBONBONCHATMOTEURREFUGELIVRE

USAGESONGSCARFGIRLRAINGLOVESFINGERFATHERSNOWFOOT

Amuse-toi
avec Mélie
et Mellow

Play
with Mélie
and Mellow

Les bagages pour le ski
Ski Luggage

Et toi, veux-tu une salopette de ski, un short ou une culotte de cheval?

Do you want a basketball cap, a straw hat or a woollen hat?

40

Mélie et Mellow font leurs bagages pour partir au ski. Que vont-ils mettre dans leur valise ?

Mélie and Mellow are packing to go skiing. What will they put in their suitcase?

Are you taking sunglasses or goggles?

Prends-tu un maillot de bain, une écharpe ou un tutu ?

Amuse-toi
avec Mélie
et Mellow

Play
with Mélie
and Mellow

Le code morse
Morse Code

À toi de jouer,
écris NEIGE
en morse.

It's your turn:
write SKI
in Morse.

Le code morse a été inventé en 1835 par l'Américain Samuel Morse. Il permet de transmettre un message avec des signaux courts et longs. On transmet ces signaux par les lignes télégraphiques, par radio ou par lumières.
Après avoir été utilisé notamment en mer, en avion ou par l'armée, il a été abandonné au profit de systèmes de communications par satellite.

Each letter corresponds to a unique combination of long and short signals. Dots (●) are used to indicate the short signals. They correspond to an electric pulse of 1/4 of a second.
Dashes (▬) are used to indicate the long signals. They correspond to an electric pulse of 3/4 of a second.

International Morse Code

A	• ▬	N	▬ •
B	▬ • • •	O	▬ ▬ ▬
C	▬ • ▬ •	P	• ▬ ▬ •
D	▬ • •	Q	▬ ▬ • ▬
E	•	R	• ▬ •
F	• • ▬ •	S	• • •
G	▬ ▬ •	T	▬
H	• • • •	U	• • ▬
I	• •	V	• • • ▬
J	• ▬ ▬ ▬	W	• ▬ ▬
K	▬ • ▬	X	▬ • • ▬
L	• ▬ • •	Y	▬ • ▬ ▬
M	▬ ▬	Z	▬ ▬ • •

Amuse-toi avec Mélie et Mellow

Play with Mélie and Mellow

Méli-mélo dans la montagne
Mountain Mix-up

Les lettres ont été mélangées. À toi de retrouver les mots !

The letters are mixed up. Sort them out to find the words!

1 L S L O M A

2 T C E H A L

3 C E A N L A V H A

4 G E F E U R

5 D R A G E N

Fourche-Langue
Tongue Twisters

Répète ces phrases de plus en plus vite !
Repeat these sentences faster and faster!

If two witches were watching two watches, which witch would watch which watch?

Trois gros rats gris dans trois gros trous ronds rongent trois gros croûtons ronds.

Table des matières
Table of contents

Bonus

Dans la même collection

My New Life - Ma nouvelle vie,
Corinne Laven

The Lake Monster - Le monstre du lac,
Jeannette Ward

The Mysterious Safe - Le secret du coffre,
Nathalie Chalmers

The Football Shirt - Le maillot de foot,
Sharon Santoni

Jazz for the President - Jazz pour le président,
Claire Davy-Galix

The Celtic Crosses - Les croix celtiques,
Caroline Miller (juin 2010)

On the Bear's Track - Sur la piste de l'ours,
Alice Caye (juin 2010)

Connaissez-vous la collection « DUAL Books » ?
(à partir de deux ans d'apprentissage de la langue)
Retrouvez l'ensemble des titres sur le site
www.talentshauts.fr

Achevé d'imprimer en France par Grapho 12
N° d'imprimeur : 2010020042-2